蘇志燮
的
路

The Way

蘇志燮————文字・攝影

袁育媗————譯

寫給在台灣的你

大家好，我是蘇志燮。

當我得知台灣想出版我的書時，真的嚇了一大跳，畢竟已經在韓國出版快四年了，我想這都要感謝各位的愛戴，謝謝你們。真的很高興我的書可以在新的國家，用另一個語言和大家相見。

當時，我很需要一個類似放鬆的旅行。因此，我才想去韓國的江原道旅行，和不同的人見面、讓自己休息，也讓我的心得到一點慰藉。只是我有點內向，要我在新的地方和陌生人見面真的不容易。這次的旅行對我而言，可以說像是一次放鬆度假，也像是一項挑戰吧？

我總是在想「我是誰？」並且藉由旅行、與新的人見面，持續不斷地尋找著答案。然而，人生怎麼會有所謂的正確答案呢？我認為這個世界不存在百分百準確、完美的答案；我們只是一邊為了做選擇而苦惱，同時也創造了一條屬於自己的路。因此，我努力的目標並不是為了追求百分百，而是那充滿可能性的百分之五十一。

希望讀者們不要後悔自己一路走來所做的選擇，也不要對未來的選擇太過擔心、受煎熬，而是在自己現在走的路上能夠感到幸福。

祝各位未來的時光會是段幸福的旅程……

2013 年 冬天 蘇志燮

過了三十出頭的我，人生該怎麼過？
找到真實的自我、好好地和自己相處，
以及過個有意義的人生……
為此我很努力，
但是這畢竟不是件容易的事。

我一直告訴自己，
當一件事因為喜歡而開始，
現在卻成了工作
而無法樂於其中的時候，
就代表你得更加努力做下去。

蘇志燮 於昭陽湖
在東 10.7

::第一張素描

休息與旅行

開始

好不容易入睡了，又被工作的電話吵醒。
要做的事把一整天都塞滿了。
我必須和人會面，必須笑，還必須試圖講些什麼。
真希望有個地方，就算我沒洗臉、隨便亂穿一雙拖鞋，
也不會被人認出來。

　　　　　　　　　　嗯，真正的旅行要開始了。

這裡是東海岸最北端的港口，
也是七百多艘漁船進出的知名漁港。

一大清早，那些整晚捕來的魚獲被搬出來，
緊接著就聽到嘈雜的討價聲。
漁船被海浪打得發出碰撞聲，
女人們手忙腳亂地補著漁網。
碼頭的生活就像那些漁獲一樣，
用活蹦亂跳來迎接每一天的早晨。

每次拍完一部電視劇或電影，我通常會給自己放個假。

好久沒有一個人到海邊吹吹風了。

山的另一頭可能已經日出了……

或許快要下雨了。

記得誰曾這麼說過，

在韓國，不管是到多麼荒遠的小島，一定會有兩樣東西，
那就是教會和中國餐廳。

就算是最北端的港口，仍然看得到○○飯店的電話號碼密密麻麻
寫在防波堤上。

海邊吹來有點黏膩的風,

以前我也曾經遇過這樣的風。

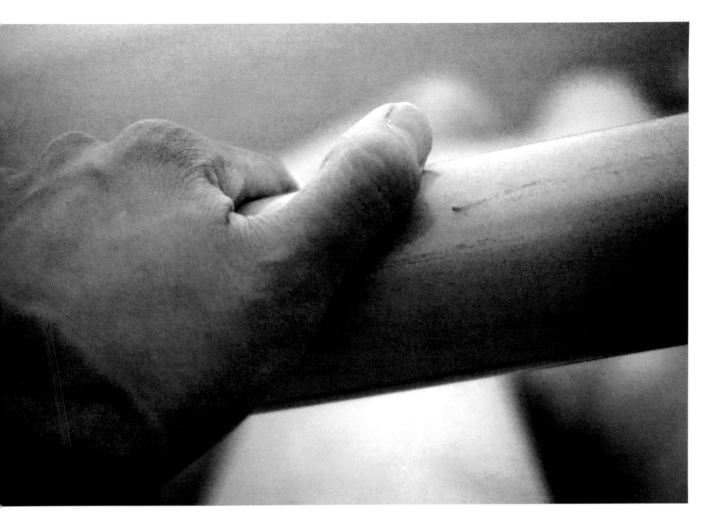

這是雙很粗糙的手……

它，是我的手。

這是相機裡的我。

而我，是誰呢？

恐懼

小時候我在仁川長大，
當時村子附近的海邊也設置了防波堤，我和朋友們總在上邊跑跑跳跳，一點都不害怕。
我們還常跟著伯伯們一起垂下釣竿，然後隨便找著位子坐下。

幾年前我還跟著趙五連老師一起游過大韓海峽，但事實上，
我很怕海。

當我這樣說的時候，大家都會嚇一跳。

然而，有游過海的人就知道，
特別是靜靜地往黑漆漆的大海深處望去，那才叫恐怖。
因為沒人知道那裡頭藏了什麼東西。
人類最遠上過宇宙，但對於深邃的海底，仍留下一場未知。

這些人難道也不怕海嗎？

某個做了二十幾年水手，現在正經營一家海產店的伯伯走了過來，對我說：

「你知道嗎？楮島漁場，它比大津港還更北一點，這次重新開放了。
以前可是有很多漁船到那邊捕魚，結果都沒回來過呢！
所以它被關閉了很久，不過聽說這次要大舉開放了。
我想用存的錢再買艘船，我可一定要再去看看。」

他語帶炫耀地說，之前他在楮島漁場捕到的烏魚比自己的手臂還壯。

嘿，這怎麼可能？

我笑了，但伯伯仍繼續說。他說希望下次能夠捕到比那條還更大的魚。

這裡的居民和那片變幻莫測的大海共度歲月風霜。
我想，他們會守著這片大海，並不是因為他們不怕，
而是因為還有太多地方等著去探索。
海的深處未可知，
因此才更增添她的神祕感吧？

花津浦湖 Lake Hwajinpo

這個地方有個關於壞公公和善良媳婦的傳說，
也是金日成、李承晚、李起鵬的別墅所在地。
這裡盛產大量的鯛魚、烏魚和鮭魚，所以也是個頗負盛名的漁港。
冬天的時候，鵝、雁鴨等候鳥也會遷徙於此，還有機會看到自然保育類的天鵝。

蘆葦叢環繞著一泓湖水，景色寧靜又安詳。這裡就是傳聞中的天鵝湖嗎？

花津浦湖的故事

湖邊豎立的石碑上刻了一些文字，
記載著花津浦湖背後的傳說。

很久很久以前，有個叫做李花津的壞公公，以及心地善良的媳婦。
有一天，某個和尚來到李花津家化緣。
小氣的公公居然舀了一瓢牛糞往和尚身上潑，並把他趕得遠遠的。
因為公公想到幾年前和尚已經來了兩次，他也施捨過一瓢小米給他了。
一旁的媳婦過意不去，便舀了一升米，趕緊跟上前去找那位和尚，
然而卻不見他的蹤影。失落的她返回家裡一看，發現屋子居然變成一池碧綠的湖水。
哀慟的媳婦最後臥病而亡，之後全國便不斷遭遇洪水和荒年，飢荒和傳染病肆虐不止。
後來，村民們每年都為媳婦作法以安撫死者亡靈，於是莊稼恢復豐收，傳染病也消失了。

這明明是個哀傷的故事，但我總覺得有點荒謬而噗嗤地笑了出來。

湖水的另一邊是片大海。
它們緊密相接，無法分辨哪邊為止是湖、哪邊開始是海，
　　　　　　　　　　　　　　　　　因此湖和海之間的沙灘便成了海水浴場。
一位村民告訴我，花津浦湖寬廣到就算要稱它為海也說得通。

看到水母在湖水裡游來游去應該也不奇怪了。

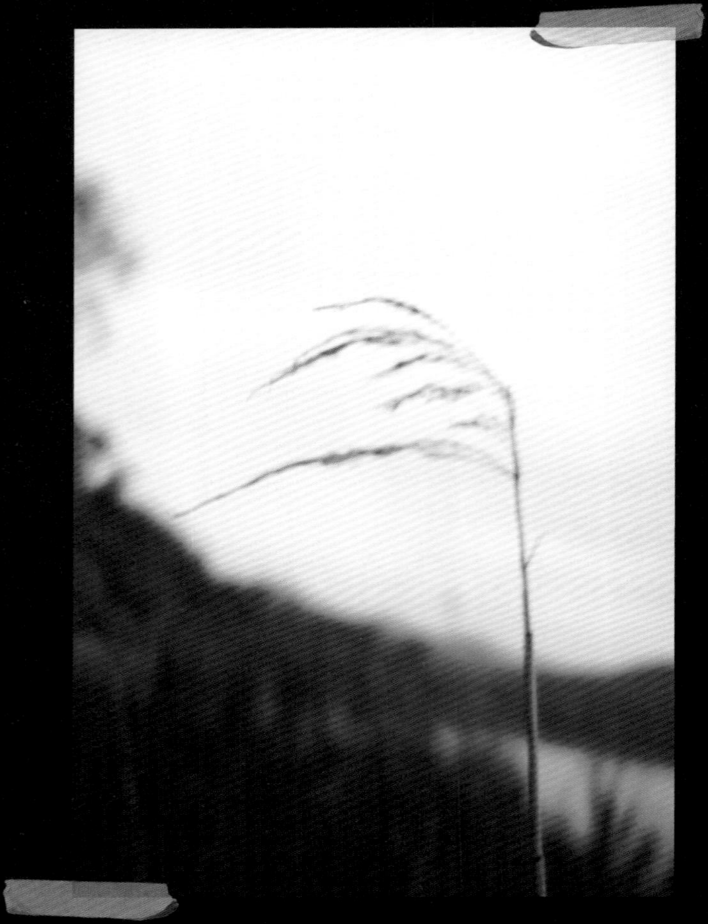

你看到風在吹嗎？

::第二張素描

自由

DMZ 博物館 *DMZ Museum*

DMZ 博物館位於和軍事分界線相鄰的人民限制線之內。
這裡看得到南北韓戰爭後的樣貌，
以及這六十多年間都不曾受人類開發的自然生態環境，
藉由這些展示品，讓人們可一窺 DMZ 背後所代表的意義。
過去前線地區所使用的大型電光屏和擴音器，
現在被當作和平的象徵物，
還取了一個奇怪的展示名稱——「針對北韓心理戰所用的裝備」。

希望未來永遠都用不到。

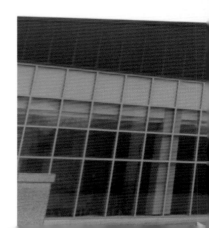

每次和 Tiger JK 走在一起，常有人說我們很像。
我們真的很像嗎？我不知道。

他是個一站上舞台就會像爆發般使出渾身解數的人。
他外表堅強的軀殼內藏著寂寞，這點對我來說一點也不陌生。
每次我們在一起的時候，都可以在彼此身上找到與自己相似的地方。

我一度認為音樂就是全部，跳上舞台歌唱
但是現在不同，我已經懂得太多
不管怎樣，為了生存我會使盡全力
我唯一會做的只有它
我好怕，怕連這都被剝奪
我好怕，怕有一天連這都被我遺忘

Cuz when rains it pours but I would never give up
Gonna see the storm through and change my luck
It's just another day so I know it's ok

——節錄 Tiger JK 第七張專輯《SKY IS THE LIMIT》的「我討厭 (feat.T)」-

「要不要用這個擴音器放我的音樂啊？
那頭的人聽了我的歌，就會興奮地跟著一起跳舞、把手舉起來！
真希望我們可以一起唱歌，如果可以的話那該有多好？」

喜歡 Hip hop 的人叫他「Hip hop 總統」，
他不喜歡做屈就於大眾口味的音樂，
他只希望人們「願者上鉤」，愛上他那真性情的音樂。
他就是嘻哈歌手
「Tiger JK」。

強迫放送彼此都不想聽的內容，

是一種悲哀。

統一眺望台 *Unification Observatory*

戰後從來無人出沒的海邊另一頭，出現了一道連綿的金剛山山脊。
眺望台距離金剛山最短十六公里，最長也只不過二十五公里，
所以一眼就能望盡金剛山的主要幾座山峰。
天氣晴朗的日子裡，甚至可以看到最高峰毗盧峰。
像駱駝背脊般彎曲的稜線、清澈見底的海水，好像就近在咫尺，

但它們卻無可奈何地孤獨了六十年，令我百感交集。

Hip hop 是什麼？

聽説有嘻哈風的打招呼方式？

個人獨特的風格？

就像這樣，手大力抓下去，
要充滿喜悦。

「這裡是軍事地區，不能攝影。

　　　　　　　用望遠鏡可以看到那頭的地洞。」

他認真聽著導覽時，有隻蜻蜓飛過來停在他的肩膀上。
他盯著蜻蜓說：

　　　　　「我想到要寫一首歌了，歌名就叫做是〈蜻蜓〉吧。」

"You're talkin' to me?"
—— 電影《計程車司機 (Taxi Driver, 1976)》

"You're talkin' to me?" ——電影 < 計程車司機 *(Taxi Driver, 1976)>*

六十年真是段漫長的時光。

它無從選擇，只能默默無語地待在那裡，
就好像一個怎麼都說不動的老古板。

我喜歡這裡的原因，不是因為它是個無人煙的淨土，
而只是單純覺得，這個世上居然有這種地方存在，
如果沒有戰爭的痛……

這種感覺要用言語形容，
實在很難。

明坡海水浴場 *Myeongpa Beach*

這是人民限制線正南邊、南韓最北邊的村落──明坡里的海水浴場。
這是一個有著東海碧綠的海水和白沙灣的美麗村落，因此被命名為明坡里。
海水浴場只有在避暑季節才會限時開放，沿著海岸架有連綿的鐵網，
還有哨崗駐紮，藉以告訴人們這裡是最北端的軍事作戰地區。

不知不覺地，不管這些鐵絲網出現在哪，我們，似乎都能習慣了。

Hip hop ＝ 自由？

聽到 Hip hop 歌曲，人們似乎會想到自由，
但是事實上，Hip hop 以前可是從來都不曾自由過，
因為這是當時受壓抑的人所唱的「投降」之歌。

我認為所謂的自由就像是「小小的鐵窗外」。
一間小小的獄牢，自由就在那鐵窗之外。窗外有人被捉了進去又放了出來。
自由是抗爭而來的，為了不再進去那間監獄裡而戰。如此辛苦爭取來的自由，
是多麼寶貴啊！

——歌手 Tiger JK

有人問我什麼時候覺得自己最自由，我說是躺在床上的時候。
當疲憊的身軀在床上快要入睡的那瞬間，對我來說是最幸福的時刻了。

然而在平常的日子裡，能像這樣跨出一步就夠自由了。
人會害怕脫離自己已經熟悉的生活，但只要願意跳脫舒適圈，就能遇見自由。

自由就是「一步」。

一　步
一　　步

「我喜歡和志燮聊天，因為沒有那種為了打破尷尬而故意找話題的內容。
我可以自在地講話，而他總是一副很認真聽、很有興趣的樣子。
我們兩個都不是那種會立刻打開心房的人，
即使我們見面總是免不了尷尬，但好像有漸漸敞開心了。
尷尬就讓它尷尬也沒關係，就是那樣。

是不是有點難懂？」

——歌手 Tiger JK

我本來是一個非常自我封閉的人。從前我會想用音樂使人悲傷哭泣、挑起人們的憤怒，我渴望透過音樂「讓人們感受到些什麼」；而現在我想做的是讓人開心的音樂。總有一天我能寫出這樣的歌吧？

我也是，最近演員的名字前面被加了好多頭銜，我不喜歡這樣。我只想當個演員蘇志燮、普通人蘇志燮就好了，我希望至始至終都是個演員。你不覺得我們有點相似嗎？

現在……
我希望能和某個人輕鬆自在地走在一起。

::第三張素描

夢想

南春川站 *Namchuncheon Station*

南春川站位於金裕貞站和春川站之間，屬於京春線。
春川站因一項大型整修而被封閉，
所以南春川站就暫時成為了「開往春川的火車」的終點站。
雖然它有點老舊又略顯寒酸，
但是對於憧憬浪漫之旅的人來說，南春川站則是個記憶模糊的美好記憶。

列車好像還沒到，
可不能讓對方等啊。
我討厭失約，所以加快腳步，
而內心已經先焦急了起來。

今天我要
和一位新朋友在南春川站見面。

天色漸漸亮了，就快到首班車抵達的時刻。
即使我已經習慣等人這件事，但還是有些坐立難安。我一直不停看手錶。

好多疑問浮現在腦海：最近的大學生都喜歡哪些歌手？
學校生活有趣嗎？聯誼的時候怎樣的男生比較受歡迎？

話說回來，等等遇到她我該怎麼稱呼她呢？
多美小姐？多美女士？應該不是這樣。還是直接叫名字呢？

啊，對了，好像應該稱她鳥博士吧？

好像有點累了
被追著趕的生活
臨時興起，我擠過人群
好不容易搭上了火車

到了那裡我想喝點酒
即使晚上醉回家也好

往春川的火車把我帶走了

節錄金賢哲《往春川的火車》……

有了這個，就算鳥離我們很遠也可以看得清楚吧？

她是個從小就喜歡鳥，
為了鳥而四處走透透的二十歲女孩。
她在脖子上掛了副像玩具一樣的望遠鏡出現在我面前。

不過，她說這個小玩意居然要價三百萬韓圜！ *約台幣八萬五千元
聽了之後，觸摸都變得小心翼翼了。

為了掩飾我的尷尬，我先開了口。

妳有男朋友嗎？

沒有。

妳有喜歡的偶像明星嗎？

BEAST。

喔喔……

我只是搔搔頭。我是不是太像個大叔了？

鐵原蒼鷺棲地 *Habitat of Herons in Cheorwon*

鐵原蒼鷺棲地位於鐵原邑人民出入限制區域，是蒼鷺和白鷺鷥聚集之處。
蒼鷺通常會在池塘、濕地、稻田、小溪、河川、港口等地的岸邊單獨或兩到三隻結伴行動。
這個地方在戰前曾是鐵原郡的郡公所，現在則草木叢生，漸漸變成了一座森林。
在地雷警告牌的另一邊，每棵樹上都看得到雪白的白鷺鷥築好鳥巢在上頭飛的樣子。

不知道為什麼，我並不是很喜歡鳥。
其實我很怕鳥。
每當我看到牠們展翅飛翔或用鳥喙啄食的時候，
我就會有點害怕。
原本以為跟鳥博士説我怕鳥，
她可能會取笑我，
不過很意外地，她居然説：

「我有時候也覺得鳥很可怕！」

妳真的是鳥博士嗎？

現在反而變成我在逗她，她有點慌張又有點害羞地笑了。
果然是二十歲的女孩啊。

什麼鳥是只有在 DMZ 才看的到的呢？

丹頂鶴。而且聽說只有鐵原這裡才能看到丹頂鶴和白枕鶴共同生活在一起。
全世界只有這裡有喔！是有幾個地方可以看到牠們各自棲息，
因此外國人看到這兩種鶴居然能同時出現都感到很新奇。
鐵原是一片原野，又有許多濕地，因此是候鳥青睞的所在地。

有沒有韓國看不到，但北韓卻存在的鳥類呢？

白腹黑啄木鳥，牠是一種棲息於韓半島的珍貴品種，但聽說已經絕種了。
我也沒看過，但我覺得在北韓應該有機會見到。
真希望牠們在那邊至少還能存活下來……

범례

1. 두루미
2. 재두루미
3. 흑두루미
4. 독수리
5. 쇠기러기
6. 큰기러기
7. 쇠제비갈매기
8. 저어새

9. 뒷부리도요
10. 붉은어깨도요
11. 큰뒷부리도요
12. 알락꼬리도요
13. 꼬까도요
14. 붉은가슴도요
15. 좀도요

● 겨울철새(10월~3월)
● 여름철새(4월~10월)
● 나그네새(봄, 가을에 지나가면서 잠깐 머무는

재두루미 (천연기념물 제203호)

鐵原丹頂鶴館  *Museum of Red-Crowned Cranes in Cheorwon*

這裡是以展示丹頂鶴和候鳥的照片或標本為主的展覽館。
這棟建築物原本只是用來做眺望台，
而現在還展示了人民限制線內發現的珍貴鳥類如丹頂鶴、禿鷲，以及鹿等野生動物。
他們把自然死亡的動物做成逼真的標本展品，就好像牠們還活著一樣。

丹頂鶴叫聲聽起來像「圖嚕嚕、圖嚕嚕」，
所以韓國俗名讀音為「圖嚕咪」，象徵和諧與長壽。
有鳥博士在一旁說明，展覽變得更有趣了，
幾乎不需要另外請導覽。
我的好奇心也因此跟著啟動。

丹頂鶴通常可以活多久呢？

通常 30 年？不對，還是 70 年啊？我有點忘了。

喔唷，博士也有不知道的喔？

土橋水庫 *Togyo Reservoir*

位於鐵原郡東松邑陽智里的土橋水庫
是為了供給附近農耕地區的農業用水而建置的人造水庫。
周遭景致堪絕、清澈的湖水中棲息著各式各樣的魚類。
這裡也是冬天可能面臨絕種危機的丹頂鶴和白枕鶴等候鳥的休憩站。
居民若將死亡的家畜棄置於外，禿鷲們就會飛來爭食。
數十萬隻的白額雁同時間飛上天、
白鶴優雅綽約的風姿、老鷹掠食俯衝而下的英姿
這些只有在紀錄片才看得到。

在我的記憶裡沒有郊遊這件事。
因為學生時期都在運動，
所以我只記得每季和其他選手們一起合宿團練的日子。

這就是去郊遊的感覺嗎？

她從小在鄉下長大，很自然地就和鳥類親近了起來。
在她十歲的時候，看到母親從圖書館帶回來的傳單後，受到了很大的衝擊。
傳單上描述的是在坡州積城面斗只里，
禿鷲因為吃了誤食農藥而死的野雁而集體死亡的事件。
照片上那一片死狀悽慘的老鷹看起來實在叫人發毛。
從那之後，小學四年級的她，
只要是有關鳥類的書就會去找來看，若出現有興趣的鳥就會動身去探查。
有次為了看花尾榛雞，她甚至在覆蓋白雪的森林裡徘徊了四個多小時，最後
因為凍傷了腳只好回家去。
在她還沒高中畢業之前，就已經舉辦了鳥類攝影展和研討會，
也發表了不少論文。
超過三十本的觀察日記是她的寶物。
韓國最年輕的鳥類研究員——鄭多美，今年才二十歲。
她說自己是個大學新鮮人，有很多事想做，也有好多好多想看的鳥。

我想當鳥類生態學者，
我會多多學習、努力研究。
我希望人與鳥能夠一起共生共存。
我想讓大家知道鳥兒們是多麼美麗，
以及牠們的歌聲是多麼動人。
——鳥類研究學家 鄭多美

對了，到了冬天那邊就會飛來很多禿鷲喔！

禿鷲大概有多大呢？

禿鷲超過兩公尺呢！冬天遷徙來的丹頂鶴比禿鷲稍微小一點。
你應該有聽過光頭禿鷹吧？本來應該就叫做禿鷲的，但是因為頭頂沒有羽毛所以被稱為光頭禿鷹。
其實不能這樣叫的説……
光頭禿鷹不會獵食，所以牠會來吃人們棄置的豬或牛的死屍，在這邊稍作休息後就會離開。

啊，所以才叫光頭禿鷹啊！因為牠都撿便宜。　*韓國俗語：「愛撿免費的會變禿頭。」

這個俗名是從禿鷲的食性而來，牠們主要以動物為食，
聽説是因為用頭伸進屍體裡啄食，該部位受到許多刺激，所以就沒有羽毛了。
因此才被説是禿頭的。

喔？看到一隻了。
剛剛那隻蒼鷺很優雅地站在電線桿上呢！

好像找到獵物了，飛走了！

人們有時會想像自己如果能變成鳥，會想去什麼地方？想做什麼事？
也有人會說在天空翱翔是他的夢想。然而對我而言，這些想像有點玄虛，所以我從來不曾思考過這件事。
這應該是我對不感興趣的事就不會去關心的個性所致。

除了夢想成為演員之外，如果說還有另一個夢想，那就是蓋座 Hotel。
從小我就莫名地喜歡 Hotel。原因可能是從進入大廳之後的興奮感，以及一古腦躺在床上時，
湧上心頭的那股預告旅行即將開始的幸福感。

雖然沒有明確的原因，但我就是喜歡 Hotel。
我的夢想就是蓋一座屬於自己的超棒 Hotel。

這該不會也是鳥叫聲吧？妳有聽到嗎？

這是草叢裡的蟲叫聲耶……

鐵原車站 *Cheorwon Station*

在戰前，鐵原車站位於鐵路京元線和金剛山線上，
聽說當時就像現在的首爾車站和大田車站一樣車水馬龍，
規模相當龐大。
但韓戰之後，列車被廢止通行，
如今只剩下一片斷垣殘壁。
周遭盡是雜草叢生的稻田，還好有告示牌說明鐵原曾經
一度繁華，以及殘存的車站舊址和鐵軌，
我們才好不容易得知原來這裡就是當初的鐵原車站。

我覺得好像來到了一座一切突然都消失的死城。
我將這片寂靜用相機捕捉起來。
快門聽起來莫名地大聲。

我所遇到的鐵原居民和其他地方的人不太一樣。
他們是多麼開心能遇到來訪的外地人啊，
總是詳盡地提供指引、盡可能多為你做點事。
他們真的很樸實可愛，
也很孤單。

「別看現在這樣，戰前這裡可是媲美首爾的大都市呢！」
他們懷著當年繁華時期的驕傲，惦記著舊時風光。

想要和人接觸、對某事懷抱期待，
這樣的心情都是源自於孤單。

聽説能從首爾到金剛山
做校外教學的學生，
在當時一定是有錢人家的孩子。
我在鐵原車站下車，
邊休息邊吃便當的時候看到了這張照片。

這些人都到哪去了呢？

妳說妳很喜歡赤翡翠鳥對吧？
因為牠從嘴巴到角趾都是紅色的，眼睛又大又漂亮。
妳要像赤翡翠鳥一樣活得精彩又瀟灑。
不要錯過妳現在能做的事，好好享受。
去交個男朋友，能到處玩就盡量玩，還要嘗試犯錯。

別當個外表華麗內在卻空虛的人，
要做個連內在都很有料的那種人。

本應自由自在飛翔的鳥兒暫時被關在觀景窗裡了。

「鳥兒啊！盡情的飛吧！」

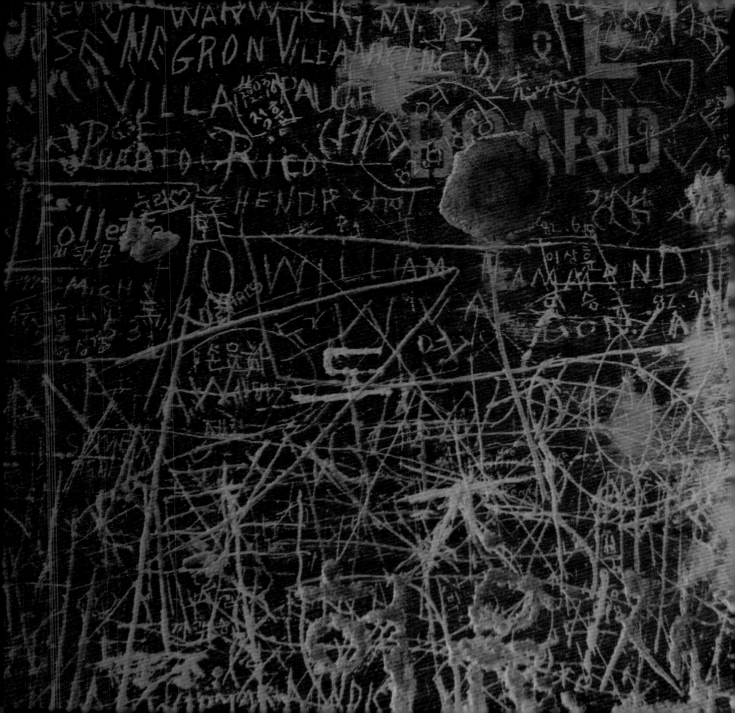

::第四張素描

受傷 而後 療癒

月井里車站 *Woljeong-Ri Station*

這是在江原道鐵原郡鐵原邑的一個簡易火車站，
目前是廢棄狀態。
它是從南部上來最北可達的車站，
而現在從首爾到元山的京元線已經不可通行，
最後只好被廢除。
這裡還流傳著一個悲傷的傳說，
相傳少女為了舀水窪的水救活生病的父親而犧牲了自己。
因此這個地方就被稱為倒映著月光的井水
——「月井」。

我在等火車。

我會是第一個訪客嗎？車站裡什麼人都沒有。
不時有路過的軍人朝我這邊瞄過來。
就像被孩子玩一玩放在一邊的玩具，小小的車站就這樣靜默地守在這裡。

一直傻傻地等著不會來的火車。.

一位種葡萄的攝影師？

我遇見了一位皮膚曬得黝黑的人。

李應從老師給我的感覺並不是一位攝影師，而是個好久不見的叔叔。
他最近愛上了種植葡萄的樂趣，問我喜不喜歡葡萄。

我可是連皮都吞下去呢！

他說這噴了不少農藥，要我好好洗乾淨再吃。
聽他答應我秋收之後會寄給我好幾箱，我馬上笑著說謝謝。

老師的身上並沒有背著複雜的攝影器材，而是在肩上隨性披著因天熱而脫下的襯衫。
他還開玩笑地說：這裡好安靜，該不會將要發生什麼事了吧？

演員這工作不累嗎？
是沒有像外表看起來那麼光鮮亮麗。
是不是很久沒有像這樣閒適地散步了？
對啊⋯⋯太忙了。
忙到我都忘記上一次完全放鬆是什麼時候了。
那現在什麼都別想，只要走走就好。

突然間，我覺得演員這個職業就像天鵝，
為了要在水面上露出優雅的姿態而不斷奮力划水。
當我沒有出現在電視上時，人們都以為我在休息。
人們似乎不知道，
為了呈現那短暫的華麗，
得花多少時間準備、
以及付出多少努力。

啊，老師說光走著就好對吧？什麼事都別想⋯⋯

攝影師 李應從

我是街頭攝影師，就像流浪劇團一樣到處旅行。在路上，不是按下快門，就是放棄不拍。
這曾是我的工作，現在也一樣。
我曾在朝鮮日報擔任攝影記者，現在則是一邊從事攝影，一邊在大學授課。
這個夏天我在忠清道成歡邑種起了葡萄，因為我非常非常喜歡果實、收穫這樣的字詞。

我覺得，攝影就像黑色幽默。
如果是曾經耐著性子盯著觀景窗的人就會懂，人生的每個瞬間是多麼廉價地被粉碎。

我想成為魔術師。就像邊捏陶土邊唱童謠請蟾蜍仙變出新房子一樣，我要對眼前這世界施展魔法。
嘈雜的快門聲就是咒語；唸了咒語，魔術帽裡頭就會飛出一隻白鴿。白鴿鼓動的翅膀就是我的掙扎。

在這裡，有幾顆人類的蘋果。
第一顆是亞當和夏娃的蘋果，第二顆是牛頓的蘋果，第三顆是塞尚的蘋果。
還有李應從的「第四顆蘋果」。

我的蘋果，是一種心靈撫慰。

在果園裡走著走著，我發現地上有一顆又紅又美味的蘋果，便把它撿了起來。
另一面已經爛了。我就像被敲到腦袋一樣，盯著這腐爛的蘋果看了好一會。
我在裡頭看到了自己。在脹紅的欲望背後，原來還藏有一個我不曾發覺、逐漸惡化的傷口。
不過「第四顆蘋果」是在講療癒。
我想輕撫那塊顯而易見的傷口，並且說：不要緊的。
我想用這樣的方式讓你、我以及我們的創傷可以進行和解。

代行煩惱

所有的藝術家都在幫人處理煩惱。
把精力花在煩惱傷心、痛苦等諸如此類的事情上面，不是很浪費時間嗎？
有一次我經過明洞，看到這樣一句話：「藝術就算不能幫你填飽肚子，但可以讓你忘記飢餓。」
這就是正解。我都無法解決自己挨餓的問題了，又還能替誰解決什麼呢？

但是，當人們看到我相片上所呈現的煩惱與憂愁，並產生共鳴和認同時，
即使是暫時也好，我們說不定就能陷入飽食的錯覺中。

－攝影作家 李應從

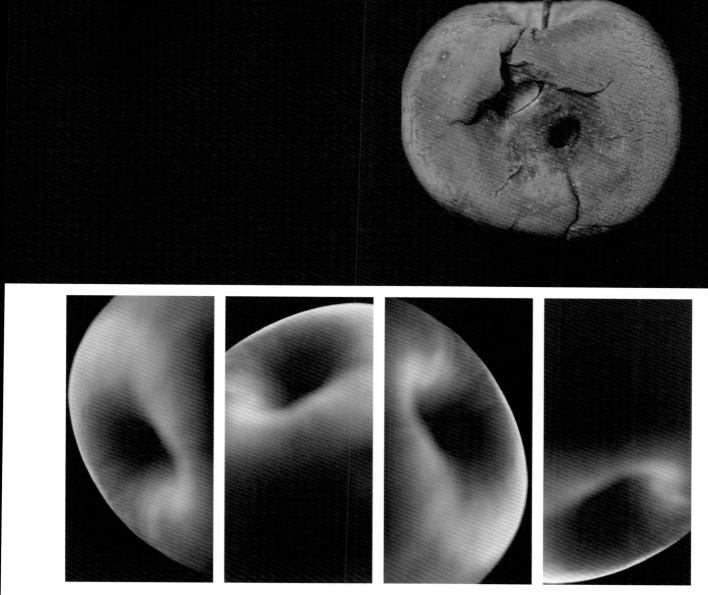

勞動黨舍 *Labor Party Headquarters*

勞動黨舍是光復後還是北韓領土時，
所建蓋的朝鮮勞動黨鐵原郡黨部。
這是一座位於江原道鐵原郡鐵原邑官田里的俄羅斯式建築，
也是在韓戰前共產主義統治之下，
許多反共人士被拷問、凌虐的現場。

如果把耳朵靠在那坑坑疤疤、黑漆漆的外牆上，
彷彿能聽到那些毫無緣由彼此殘殺的垂死之人
淒厲的嚎哭聲，以及無情的砲火聲。

這種沉寂就像不會有任何事發生的死去的時間，猶如相片。

那麼您是認為相片裡裝的是死去的時間嗎？

相片裡每個人事物，不都正緊抓著死去的時間嗎？
因為按下快門的瞬間，萬物就會被留在沉寂與凍結的時間裡了。

我所愛的人在我拍的相片裡洋溢著幸福的笑容。
我可以自由自在讓時間停止，這就是我所謂的「相片」，怎麼會是死去的時間呢？
老師的話真是奇怪。

我站在階梯上環視幾乎只剩下骨架的勞動黨舍。
這座以俄羅斯工法所搭建、沒有鋼筋只有水泥的建築物，看起來就快要崩塌了。
就像是解了一半的謎，又像是解開後被支解過的謎。

死去的時間⋯⋯

我看到牆上留下的彈孔。
這是一個許多人因拷問或戰爭而死去的地方。
用手撫摸牆面，彷彿可以聽到這些人的聲音。

那兒有雜草鑽出了牆壁與地板，似乎不受這些創傷影響。
無名的生命正在成長。

完美的被寫體

我遇到了一位年輕人。一位有著無可挑剔的五官和體格的演員——蘇志燮。完美到甚至有點無趣。

我還在報社工作的時候，也曾經和這麼一位完美的被寫體共事。
我接到的任務是把要登在生活副刊上的張東健拍得不像個演員，而是要像個鄰家青年。
我喃喃地發牢騷說這怎麼可能？畢竟觀眾印象中那個完美演員張東健無論再怎麼拍，他還是很完美。
這不會是大家想要的結果。

不管誰來拍都無可挑剔、完美無缺的被寫體，就是好的被寫體嗎？
我認為那種被寫體反而沒有魅力。不過相反地，這也會讓我想做其他嘗試。

我很好奇年輕的蘇志燮那都會又現代的形象背後，到底還藏著什麼？攝影師的欲望被啟動，我想從
他身上挖掘出「人類」那股瘋狂與原始的情感，而且我也期待看到蘇志燮這位演員的成長以及未來
的可能性。

－攝影作家 李應從

昇日橋 *Seungil Bridge*

這是一座共產主義統治時期，由南北韓共同打造，
一頭在北、一頭在南的橋。
建築樣式也是剛好分成兩半。
它又稱韓國版的「桂河大橋」，橫跨漢灘江的中流河段，
連接江原道鐵原郡東松邑和葛末邑兩地。
雖然多數認為橋的名稱由來是為了紀念韓戰當時
赴北途中戰死的朴昇日上校，
但也有一說是取李承晚的「承」和金日成的「日」，
合稱為「承日橋」。

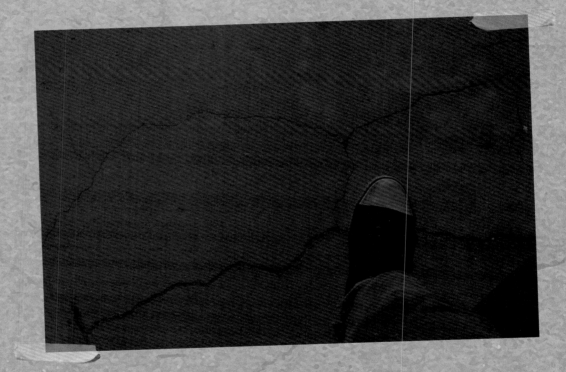

人生就是一連串的選擇。

要踩這條線嗎？還是直接跨過？或者折返好呢？

::第五張素描

青春・熱情

感性村 *Gamsung Village*

感性村位於江原道華川郡多木里。沿著曲折蜿蜒的小路往上爬，就會看到這個小村子。
這裡起初是提供文人寫作或休憩的場所，
並以振興地方經濟為目標而建蓋的村子。
現在則是人人都可以造訪，並且和身為村長的小說家李外秀老師
一起來場溫馨的對話。
一年三百六十五天都有許許多多的人來這裡心靈充電。
雅致的建築物與清新的自然環境相映，呈現出樸質又具美感的景色風光。

我走進村子入口且四處張望。
這是往感性村的路，
是要去見李外秀老師的路。

啊，這裡真不錯。

詩石林

沿著路旁豎立了刻著李外秀老師詩作的詩碑。
寫作這件事，似乎會很寂寞。
　　　　　雖然所有的藝術應該都是如此。

無論怎麼回憶，我的青春依然不美。 —節錄於李外秀《時間退行》

老師像是和許久未見的好友再次相逢般，見到我就給我一個大大的擁抱。

「蘇酷帥都大老遠跑來見我了，怎麼可能不激動呢？」

夢謠潭裡有鱘魚

有隻魚游過了去。

我們跟別人說這裡有鱘魚，他們都不相信。
大家都以為鱘魚只會出現在海裡，
所以我只好回應：「我家的池塘裡真的有，信也好，不信也罷。」

鱘魚是一種洄游魚類，以前也曾出現在漢江，
當時是為了從仁川海口逆流到漢江產卵。

這麼說來，志燮似乎有著與鱘魚相似的一面。
你就像看似生在大海，但實際上卻是悠游於淡水的鱘魚，能夠自立自生。
還有，那不易受傷、完美武裝後的心靈。

你不像是溫室裡的花朵，嗯，簡單來說就是雜草。
你不是那種被種在花盆裡的高雅植物，
縱使你心思細膩又容易心軟，我仍覺得你是個堅強的人。

聽說鱘魚的背部可是刀槍不入呢！

老師，這是稱讚吧？
您應該不是說，我被針扎也不見血那樣沒人情味吧？

這兩個不一樣啊！
針扎不見血和被刀劃過也傷不了魚鱗
兩者之間可是有差異的，你喔！

我曾經是個乞丐「年輕時期的李外秀」

就是字面的意思，不是別的，就是「乞丐」。七〇年代初期我曾經在春川的某個音樂茶館當 DJ。老闆對我很好，我退伍之後還繼續讓我當 DJ 呢！不過後來覺得這不是個大男人該做的事，因為我就只是介紹 DJ Box 裡的唱片之類的，一邊說：「十八桌的客人，有您的電話喔。」辭了 DJ 的工作後，我開始露宿街頭。我曾經睡在車站候車室，也曾在工廠裡包個紙箱就睡。每天早上洗臉刷牙變成一項奢侈，一早睜開眼最重要的事就是我該去哪找東西吃。

對街友而言最難熬的就是冬天了。冬天最棒的就是派出所的暖爐，最好是被判居留去坐牢。如果不用在戶籍上留底，只是居留個七、八天那是最好不過的了。我會往打烊的店家砸石頭、在還有宵禁的時期來個深夜咆哮，這都是因為當時實在太想被抓進牢裡了。但是天氣太冷，連巡邏大隊都不出門，所以也沒有人要抓我。

我就這樣過了四、五年，此時我開始對人生失去了欲求。睜開眼想的是「我還沒死啊？」就快死了、就快死了，死亡不斷盤繞在我眼前。

就這樣過著過著，有一天我來到了薔薇村，那裡看起來可溫馨呢！一邊圍著煤炭取暖，一邊招客的女人們起初對我都抱持戒心，後來我們熟了之後，每當她們出門工作時，就會把自己的房間借我使用。我蜷縮坐著，寫了篇篇淒絕的文章，就這樣寫成了《作夢的植物》這本小說。

除了貧困之外，想不起別的了。我年輕時期的記憶全都是挨餓。

某個鼓手的故事

十年前，
我在束草喝酒，覺得心生無聊，杯中物也索然無味，便一個人來到了海邊。
突然有個人喘吁吁地跑向我，
「不知道您能不能和我聊聊？只要三十分鐘就好！」
好像有什麼事，想了想就一起走進了茶館。真好奇到底是什麼事。

這年輕人說自己想要成為一流的鼓手，但是束草這個地方連賣鼓的樂器行、學打鼓的教室都沒有，讓他陷入一片絕望。對這份夢想是有多渴望，才會在路上抓個人要對方聽自己講三十分鐘的話啊！

我問，你知道我是誰嗎？不知道。那你覺得我像是做什麼的？應該是詩人吧？哇！答對了！
所以我才跟他聊起來。

那就天天到海邊，去拍打海浪吧！

那年輕人對我說，自己服兵役的時候，為了打鼓甚至還中途脫逃呢！
他就是現在尹道賢樂團（YB）的鼓手金鎮元。尹道賢跟我說要來春川表演時，我去看了才發現，

啊！這年輕人打鼓真的像在拍打著海浪呢！

若能和老師見面，有個問題一定得請教您。您不是小説家嗎？為什麼會想寫文章呢？

肚子餓的人不都會吃飯嗎？
肉身飢餓的時候會先找東西吃，而靈魂飢餓時，那受餓的空虛心靈就會驅使我提筆寫作了。
如乞丐般度日時，我實在太空虛了，這才開始動筆的。

我也是。老實説之所以會演戲，也為了戰勝空虛。
不過現在我真的對演戲有了野心。老師那您現在呢？

我現在應該也跟你一樣。好空虛。我在推特上有二十五萬名跟隨者，但是卻更孤單。
大家都問，有那麼多跟隨者有什麼好孤單的？事實上，要比較身在二十五人之中、兩百五十人之中，
以及身在二十五萬人之中的寂寞，人數越多可是越寂寞的。
即使是受眾人喜愛的藝人，也無法遇到一個百分之百理解自己世界的粉絲。
幾乎沒有粉絲可以真正理解自己所愛的演員的心靈或他們所處的世界。
越在人們關注之下，就越感寂寞。所以我一定要寫啊！

真是說到我心坎裡了。

我重新思考那些看似將一切展露於外，卻反而把自己孤立起來的宿命。

老師他可以在網路上縱情地暢所欲言，
然而演員或藝人則不同，越成名越得小心不要做出會引起誤會的行為。
所以我真佩服老師這般勇氣。我們為自己設限，然後把自己框在裡頭。
起初我們在他人所設定的規則下行動，過了一陣子之後，卻是自己把自己限制住。
我也想過如果重新活過、重新當演員，我一定不會像現在的自己這樣。

我好像能夠了解為什麼老師被人們誤會時，明明還一副坦蕩蕩的樣子，卻又因此感到更寂寞的心情了。
真的，我能理解。

老師因為比誰都懂得寂寞的滋味，
才更關懷他人，像個修道者。

老師不是一般拿筆混飯吃的，而是能接納寂寞的真文豪。

你看似變幻無常，卻講究原則，
是個能給人各種驚喜的演員。
他給人極度厭惡束縛的感覺，讓人直接聯想到「自由」。
在現實社會上，這一面是無法被接受的。
所謂的社會，就像是不管怎樣都要做出清一色的豆腐或
車輪餅，急著要製造出相同類型的消耗品。
從這方面來看，你有著這個社會所沒有的東西──那份
純真。 ── 小説家 李外秀

見到蘇志燮，
可以感受到他對不公正的事
極力反抗的「力量」。

我們家養的珍島狗有一天居然跑到村裡，
把二十隻雞都給咬死了。
當時內人正在住院。
我打電話給她，
交代了來龍去脈，並問她該怎麼處理。

這時你們師母說道：

「狗當然咬雞啊！你看過雞咬狗嗎？
如果是雞把狗咬死那就沒話說，狗咬死雞根本沒什麼好大驚小怪的。
把雞的錢賠給人家，把狗綁好吧！」

在寫小說之前，他最想當的是畫家。

因為很窮，所以只能在最爛的紙上作畫。

如果有人送了貴的畫具給他，他反而會不習慣而畫不出來。

所以現在他還是喜歡用學生習作用的炭筆或木筷之類的用具來畫畫。

我是個小說家

讓當初在窮苦飢餓中掙扎的「青年李外秀」重新振作的，就是「無心插柳的文字力量」。
過於鮮明的個性和獨特的想法，使他除了有「小說家李外秀」之稱，還被稱作「奇人」或是「能和外星人交流的人」。
他引領推特上眾多的跟隨者，並且與這個世代的年輕人進行交流、傳遞關於熱情的話語。

除了活躍於小說或散文的文學世界，他受邀展出許多在冥想之後一氣呵成的畫作。
另外，他曾出演廣播和情境喜劇，他不僅是感性村村長，同時也擔任櫻鮭季宣傳大使，並從事各項活動。

如果用商店來比喻自己，李外秀老師淡淡地說，他不是「專門店」，只要有「百貨公司」等級就可以了。
對於那些指稱他為外道的人，他反而拋出問題回問：刀削麵店推出麵疙瘩算不算外道呢？
其實不需要死守信念而只執著於一件事之上。
如果有能力、想去做的話，什麼都可以去嘗試不是嗎？他的這一番話對現代的年輕人來說深具意義。

即使如此，他說自己能站上舞台的身分就是小說家了。
對他而言，從事了一輩子、付出了整個生涯、即使犧牲生命也在所不惜的東西，仍舊是小說。

不過，充滿挑戰的人生永遠令人耳目一新。
挑戰某件事的時候，就可以找到對你而言什麼是更重要的東西，「小說家李外秀」如是說。

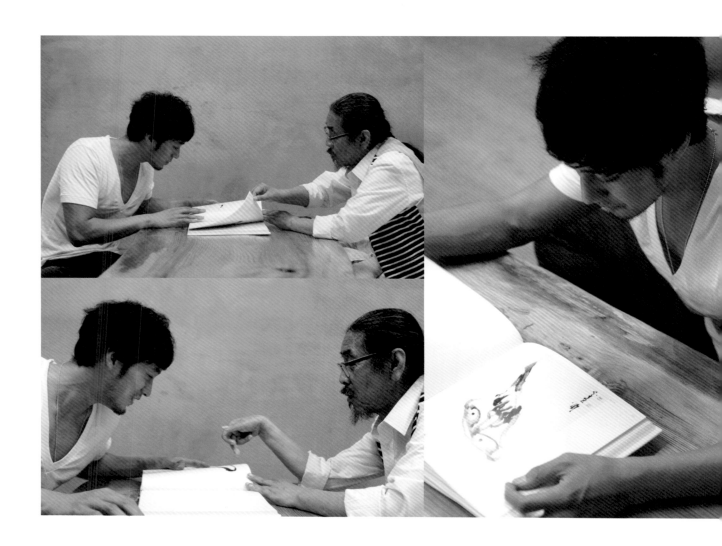

李外秀老師說他很高興我是株雜草。
因為跟那些像溫室裡的花朵、無法理解戰勝孤單、疲累
和傷痛為何物的人，
聊起話來總是莫名痛苦。
將這個毫無準備就登門拜訪的我視作「麻吉」的老師說，
因為我們都是「雜草」，所以很合得來。

總覺得「雜草」這個形容詞好像還挺適合我的。

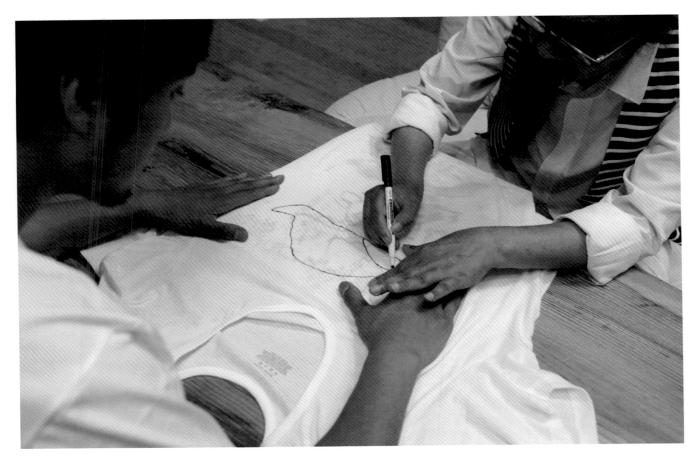

沒看過這個可愛的鯨魚呢！老師，畫裡頭好像沒有我的名字耶？

可以幫我寫嗎？

這件 T-shirt 要怎麼處理呢？捨不得拿去洗……
看來得好好框起來，一代一代傳下去了！

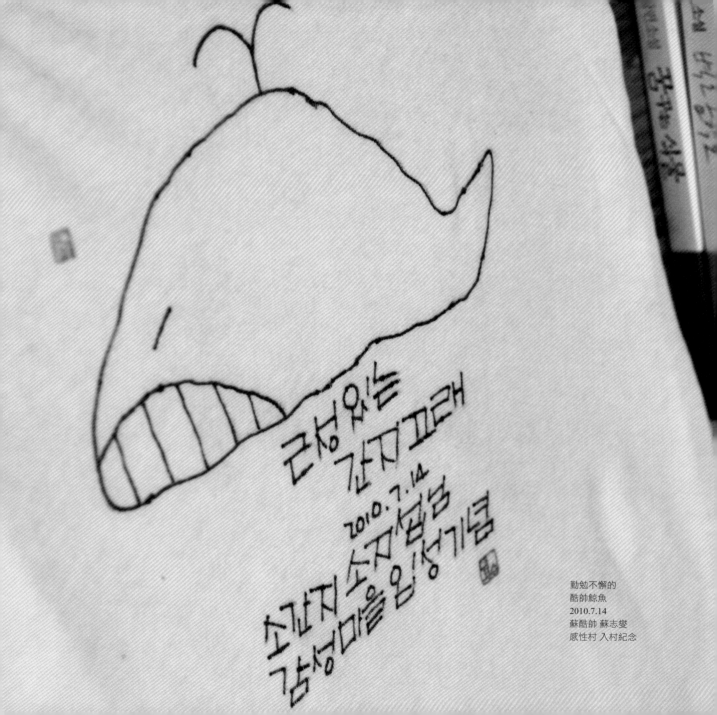

근성 있는
감자고래

2010. 7. 14

소감지 소지섭
감성마을 입성기념

勤勉不懈的
酷帥鯨魚
2010.7.14
蘇酷帥 蘇志燮
感性村 入村紀念

有什麼需要的可以聯絡我，旅行需要幫助時跟我說，要常來玩啊！

老師說我是他的「知己」。

所以呢，這張照片是我們的知己認證照。

以心傳心

看到老師能和各個不同世代的人交流，讓我有些羨慕。
我也曾經試過，像老師那樣打破自己的框框，敞開內心，
但是周遭的人或粉絲反而不太能適應這樣的我。

比較擅於傾聽的我，與其開口說自己的事，我通常會選擇當個聽眾。
所以朋友來找我時，總會把心底事都掏出來。
但是我的話實在太少了，很多人覺得跟我相處起來很悶、很累。
有時候也會造成誤會，或是招來責備。

現在的我，逐漸地、自然而然地改變著。
我正在領略其中的要領。

以心傳心，不慌不急表達我自己。

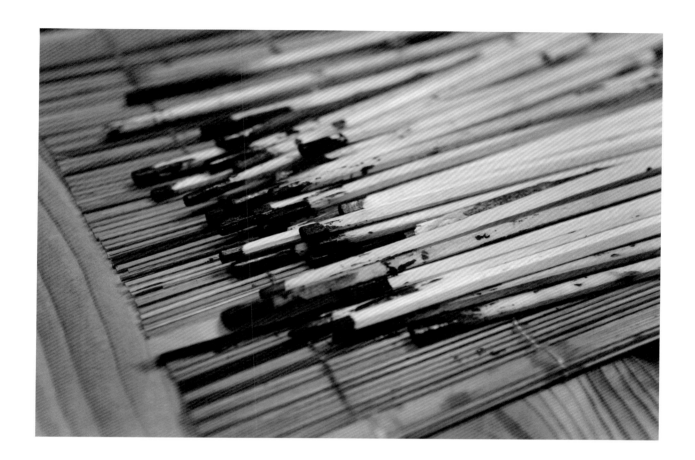

拜訪了一位像留著鬍子的小孩的藝術家。
而我又會以什麼樣的形式老去呢？

dusicnddil ddil
So Ji-Sub.
DMZ, 두타연.

잊혀져 가는 것, 남기고 싶은 것,
아름다운 자연.
물안개, 구름, 숲,
풀내음, 꽃들…

Dusic n Ddilddil
So Ji-Sub
DMZ, 頭陀淵
被淡忘的、想留下的、
美麗的大自然、
霧氣、雲、森林、
草的味道、花兒……
　　—Dusic & Ddilddil

::第六張素描

記憶，想留下的東西

Ddilddil 和 Dusic ＋

志戀＝

Ddilddil 和 Dusic，以及志孌的故事

頭陀淵 *Duta Pond*

頭陀淵位於民間限制區域內。它在通往金剛山的路上，
被禁止通行了五十多年後，逐漸開發為自然生態觀光行程，
並開放人民有限制的進出。
這裡的自然景觀被完整保存下來，山景秀麗，
絕壁聳立，像是一面屏風。
想像著岩壁上小小的洞窟裡，不知道有沒有住人？

我們現在就在整個韓半島生態界的交集處──頭陀淵。

下雨時，很奇妙地心情總是很好。我就是喜歡那種感覺。
雨水的聲音、雨水的味道等等……
從前還年輕的時候，常一下雨就跑去喝燒酒。
聽到雨水打在路邊攤的雨棚上，有時會覺得寂寞感更深。

我以前很常一個勁地等人。
我記得以前哭著等媽媽回來的時候，
也記得因為不知道暗戀的女孩什麼時候出現，而一整天
在地鐵和她家前面徘徊的日子。

現在已經進入只是遲到五分鐘就打電話催人的時代了，
但我還是很擅於等人。

今天要見的是什麼樣的人呢？

Dusic 和 Ddilddil 出現了。

這麼美的路上卻滿是地雷。
我們暫時停下腳步，四處環顧。

匆匆匆

一路上不講話卻很有趣。
偶爾往後一看，彼此就只是瞪大眼你看我、我看你。

志燮　做自己想做的事時，有遇到需要與現實妥協的時候嗎？

Ddilddil　越來越多需要妥協的事了！為了生計也不得不去做那些不想碰的事。
不過，我希望這些由我來承當，Dusic 只要做自己想要做的就好了。
我想守護 Dusic 的夢想，所以像類似妥協的事情就由我來負責。

Dusic & Ddilddil

李高恩和李正憲的相遇，成為了 Dusic & Ddilddil。從 2003 年開始，他們就以插畫跨足平面設計、版面設計、攝影、影像、動畫、室內設計等相關美術領域，目前也持續策劃著繪畫和攝影展等活動。

他們喜歡在生活中無意間發現的美妙事物，以及充滿偶然性的東西。
看到動物身在人類所打造的環境中時，他們總會興起憐憫之心。
他們和一隻不愛 Ddilddil，只愛 Dusic 的狗——史迪奇住在同個屋簷下。
兩人希望能在那兒一起工作、做菜做飯，以及種樹。
一起守護著初衷、價值觀和信念，並且共同實踐夢想、深愛彼此。

www.dusicnddilddil.com

Dusic　我們兩人都有很多不足的地方，但是只要在一起，就能互相補足彼此的缺點。我覺得事情一個人做的話，會害怕、會退縮，但是兩個人做的時候，好像什麼都難不倒我們了。這段期間之所以能做這麼多事，都是因為有兩個人才可能達成。

Ddilddil　我屬於優柔寡斷、不易下判斷的人，但是 Dusic 則是很果斷、做事迅速又俐落的人。雖然偶爾因為她太過衝動，最後得由我來收拾殘局，但通常聽她的話所做的決定最後都有不錯的結果。我通常都只拍 Dusic，好久沒有拍別人了。

志燮　能認識 Dusic 和 Ddilddil 這樣的人真令我訝異。不管是用「不受拘束的靈魂」還是「四次元」之類的詞，都無法確切形容這種感覺。原來也可以像 Dusic 和 Ddilddil 這樣過生活啊！很多人秉持著「想做的事不同於應該做的事」的觀念在過活，而現在我發現，居然有人能夠只做自己喜歡的事，而且還有個一輩子陪你一起畫畫的人在身邊……真叫人羨慕！

想保留在記憶裡的日子。

在頭陀淵，可以看到只能活在純淨水質裡的細鱗鮭。
天氣晴朗的日子，也有機會見到保育動物──山羊，不過可能因為今天下雨，沒能見著。

順著小溪游下、隨著叢林漫步，所到之處都是野生動物的家。
這些動物生活在一個從來沒有所謂「界線」的大自然中。
因為對於魚和山羊來說，沒有「這是我的地盤、那是你的區域」的概念。

如此美麗的地方也都逐漸開放了，
越來越多人來這邊放鬆身心固然是好，但也可能伴隨環境的改變，這讓我有點擔心了起來。

你在看哪裡？看這裡啦！

濃霧瀰漫，好像得戴上眼鏡才能看清楚這濛濛的世界。
你要我怎麼看你呢？

「往頭陀淵的路上，我看到野雞一家。
有隻野雞在路邊一副探頭探腦要不要出來的樣子，想說我繞過就好了。
但仔細一看，野雞身後居然有將近七隻小雞。
野雞媽媽似乎試想先出來偷看，然後再告訴孩子什麼時候可以出來的樣子。」

這是 Dusic 和 Ddilddil 發現的野雞一家的故事。

225

好像從童話故事裡跑出來的神祕山羊。
看起來美麗又充滿力量，就像他一樣。

妳那麼專心在畫什麼呢？

沒什麼啦，我看到美麗的東西就想把它畫下來。
小時候曾經把父母照的照片畫成了長篇畫集。
我並沒有畫得跟相片一樣，而是想把我腦海中的形象和情感直接記錄下來。
小時候好像真的畫了很多。為了整理那些回憶，我才一直畫下去的。

看起來很有趣，主題是什麼呢？

我自己取了「漂流」這個名字。

漂流？

因為覺得有種樹葉漂浮在水面上的感覺……有很多意思。

妙：某個人被拍得很妙。

의료지원국
Medical Support Country

::第七張素描

我們的，我的

破虜湖 *Lake Paro*

破虜湖這個名字，是由李承晚總統以「大破夷狄之湖」之意所命名的。
看起來平靜祥和的湖水，卻有個可怕的傳聞。
聽說在韓戰華川之役當時，我軍大勝，
光是這破虜湖中就有數萬名中國共產黨兵喪身於此。
跳開這段故事，蒼鷺與白枕鶴翩翩飛來，與湖景相映成趣。

隨性的長髮看起來真有個性。
在一個天空和湖水都混沌不清的上午，遇見了崔明旭老師。
看了他的穿著，就覺得他是個風格獨特的時尚設計師。

「我準備了項鍊要送你，不知道你會不會喜歡。」

收到禮物這件事總是令人開心的。
喜歡，所以我笑了。

「這墜子是隻鳥，恰巧那邊的立木少了一隻鳥，
你剛好可以把項鍊掛上去耶！
立木不就是為村子趕走鬼怪，並招來好運的嗎？」

雖然對立木不太好意思，
但我實在太喜歡老師送的項鍊了，
所以我捨不得把它掛上去。

在寧靜的湖之後，有幾座矮矮的山，依著山我看見幾間大大小小的房屋。
在人煙稀少的湖岸長滿了與人等身的蘆葦和雜草。

實在太過寂靜了，讓我感到有些淒涼。

你知道素色這個詞嗎？它的詞源是指「最初的原色」。
如果説接近象牙色的話會比較好理解嗎？
那你知道粗布吧？棉花樹，可取出棉花的棉花樹若開了花，
就能產生棉絮之類的東西。
棉絮有點黃黃的，帶些雜質，並不是那麼純白。
我認為素色應該是最接近自然的顏色。

蘇志燮。素色。
好像有哪裡相通呢？

—— 時尚設計師 崔明旭

墨橋 *Kkeomeok Bridge*

墨橋紅色的鋼筋上鋪著木板，
和華川水庫一同於一九四五年完工，今年六十五歲。
解放前由日本打好地基，韓戰時則是蘇聯軍架好了橋墩。
休戰後，在華川郡鋪裝好橋面。
木板製成的橋面上塗了黑色的柏油，所以叫做「墨橋」，
它辛苦熬過了從韓戰以來這段險惡的歲月。
它雄偉的氣勢，散發樸素又帶點微妙的氛圍，
所以也是許多電影和電視劇拍攝的場所。

老師，衣服要怎麼穿才好看呢？

你本來就很會穿了，應該比我還了解吧？你可是大家公認的時尚男藝人呢！

我只是穿我想穿的衣服而已。
雖然努力要配合氣氛來穿搭，但我平常的風格
就是舒服地穿。.

重點在於掌握自己的風格之前，你必須不斷地嘗試。
我認為所謂合適的風格，就是自己喜歡的風格。
如果覺得鏡中的自己看起來很不錯，那就對了。
為了遮掩太過與不足，而一直添增修飾的話，反而有種過於人為的味道。
維持適當的「程度」，個人風格就出來了。

我覺得你適合那種自然又不拘泥於既有形式、
看起來很有個性的衣服。

渴望之鐘 *The Desire Bell*

我們來到了和平水庫上方的「世界和平之鐘公園」。
這個木造的鐘敲不出聲響，
因為它是象徵南北韓分裂事實的沉默之鐘。
公園裡共有三座鐘、渴望之鐘、世界和平之鐘，
以及心之鐘。
據說只有渴望統一的人才會聽到心之鐘的鐘聲，
因此並沒有做出實體的具像。

渴望之鐘則期盼有天能打破沉默，將鐘聲傳遞到遠方。

木造的渴望之鐘就這樣懸掛在高空。
我伸手觸摸，思考著我的渴望。

有時我會熱血沸騰。

每次在戲裡偽裝成某個角色而非蘇志燮時，
我就有一種被淨化的感覺。
當然，我無法百分之百變成「那個人」。
能完全化身為某個角色是騙人的，
但是透過演技詮釋而愛上這個角色的時候，
我常不時地感到驚訝：難道自己也有這樣的一面嗎？
我喜歡持續地挖掘那樣的自己。

我想以演員的身分生存著。

演員蘇志燮，若是這樣有多好。

화 해

오랫동안 외면했던 남과 북은 냉전의 이데올로기를 극복하고
갈등과 대립의 어둠을 지나 이제 밝고 따뜻한 화해와 평화의 길로 나아갑니다.
서로의 손을 잡고 서로의 상처를 보듬어줄 때
전쟁의 깊은 상처는 비로소 치유될 수 있습니다.

想做出最有益人體服飾的設計師，崔明旭

說不定他能提供何謂最韓國、最接近自然衣料的標準答案。

他從容地向我說明：「把這些樹葉摘下來做染料，就可以染出綠色的布；把布浸在泥水裡，就會染出土黃色，這就叫做天然染。」他之所以領悟到從大自然隨手取得的東西才真正對人體有益的道理，是在他看到孩子苦於異位性皮膚炎時，覺得自己應該做些什麼，於是決定要做出盡可能不危害人體、同時也對大自然有益的衣服。

身為有機品牌「Isae」創意總監的他，最近瘋狂迷上了染布。
「在偏鄉或農村裡，還是有很多人自己種田、收割後，便順手染衣服來穿的。人的美感果然是天生的。他們是因為生在艱困的環境，為了生存不得不從事其他工作，但他們與生俱來的天分，其實早就已經是個藝術家了。
我去鄉下時，看到幾戶人家正在處理布料。他們不稱它是布料，而是叫它爛布。像是『想看這幾塊爛布就過來呀！』我在他們所謂的『爛布』裡頭，看到了比 Dries Van Noten 的花紋更超乎水準的東西。那美感，可是一輩子藏也藏不住的才能。雖然我無法，但我想多跟他們學學。」

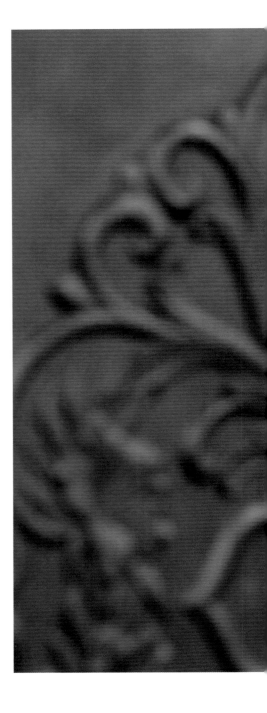

「如果我設計的服飾能獲得海外不錯的回應，當然很高興囉！不過我們也可能誤解了他們所看見的『韓國式設計』。當我嘗試某種新設計的時候，海外人士所接收到的並不僅限於『韓國式』這個概念。他們所看到的不是 Korean、韓國之類的意念，而是我們將自己的東西整個呈現出來的那股力量。他們感受到的是：『作品背後原來隱含著某個巨大的意義，或是蘊含著某個了不起的東西啊！』這不就是韓國的精神嗎？

我有個遠大的夢想。我是個做衣服的人，當然想要以服飾成為世界頂尖的設計師。於是我思考自己所擁有的優勢，我在韓國長大、我是韓國人、我的靈感都來自韓國，並透過這些靈感來完成我的作品，這就我的優勢，也是我的競爭力。

另外，除了把韓式設計、韓國傳統套用在服飾上，我還想做些更具體的事情。有個包括韓國在內，世界共通的時尚辭典，我希望能像『拉克蘭袖』、日本的『和服振袖』這樣的用語一樣，在上面登錄起源於韓文的時尚共通詞彙。
簡單地説，就是 Korean look。我正在努力，希望打造出足以震驚服飾界的人、讓他們驚呼『哇！原來也有這種風格！』的世界時尚共通語。

韓服罩袖，這個怎麼樣？」

世界和平之鐘 *The World Peace Bell*

這是花了四年在曾經飽受戰亂，或是正處於戰爭中的六十多個國家裡頭，所蒐集將近一萬貫（37.5 頓）
的彈殼而打造的鐘。
在鐘頂有四隻裝飾用的和平鴿，其中一隻少了一邊的翅膀。
鐘的旁邊另外鑄了一支翅膀，據說要等到統一的時候，和平鴿才能恢復完形。

我們敲鐘，低沉的鐘響傳得好凄涼。

敲完鐘，
解說員請我們去感受一下鐘裡頭聲音回傳的震動，
於是我們把手伸進去貼著鐘身。

溫馨卻又哀傷，
奇妙的回音。

想飛就飛，
　趁人們不注意的時候。

::第八張素描

和解・愛

乙支眺望台 *Eulji Observatory*

往北眺望，可以看到北韓軍的哨站和農田。
晴朗的日子裡，
還能看到金剛山毗盧峰和日出峰等主峰，
因為這裡是距離非武裝地區南方界線
最近的眺望台。
當時這裡曾展開激戰，現在仍有許多軍人
在眺望台周圍駐守著。
底下有個名為潘奇酒酒缸 (Punch Bowl) 的村子，
因為外國戰地記者從這往下看
覺得景色就像是五味子茶碗，因此取了這樣的名字。

蘇志燮 於人民限制線
在東 10.7

我來到位於加七峰上的乙支眺望台。
聽説一定要算上這最後一座山峰——加七峰，
金剛山才能稱上擁有一萬兩千峰。
我坐在忙著速寫的朴在東老師旁邊，
眺望著潘奇酒酒缸村。
很難去整理在這兒旅行時浮現的種種想法。
幽靜又祥和的村子、海邊、清新的大自然……
這些尚未惹上塵埃的景物組成了這個村子。
但因為戰後留下的創傷和悲痛，
即便眼前有這樣的美景，
我仍感受到那些無法讚嘆的現實之重。

遠處的鳥兒飛起來了。

昭陽湖 *Lake Soyang*

這是邊鄰江原道春川、楊口、麟蹄，韓國最大的人造湖。
它是在一九七三年打造東方最大水庫——昭陽江水庫時所產生的湖。
面積和蓄水量都是韓國第一，也稱為「內陸之海」。

以前喜歡釣魚時，我坐過幾次小船，現在已經好久沒再搭過了。
小船發出嘈雜的聲響劃過湖面，速度奇快。
站著的話可能一不小心就會失去重心掉到湖裡。我得乖乖坐好才行。

「再見囉！」

我揮揮手。
雖然應該不會釣魚，但還是希望這小船能載點什麼回來。
即使只是清涼的空氣或風也不錯。

老師，您頭上
好像跟了個對話框。

那你猜猜
我在想些什麼。

我父親年輕的時候曾參與過韓戰。

在那個連作夢都想不到會有網路或電話的時期，當然也幾乎沒有所謂的通訊設備。
因此南部鄉下小村莊的人民根本不知道國家正在打仗，還過著悠閒的平靜日子。
有一天，大家為了慶祝光復節而聚集在一起，
突然一群軍人出現，選了幾個年輕、血氣方剛的男丁，把他們抓上大卡車裡載走了。
南部地區的居民並不曉得戰爭正打得激烈，而國軍死傷導致軍力不足，所以才進行強制徵兵。
我父親就是被徵召的其中之一。父親所屬的小隊幾乎全軍覆沒，只剩他一個人活了下來。
他從一個人生地不熟，不知東西南北的陌生地方開始尋找回家的路。
亂走著走著，如果肚子餓了，他就闖進因戰爭而成為廢墟的民房，沾著鹽巴或豆瓣醬勉強餬口。
他過了一個月才找到家。以為自己活不了的父親瘦得像具骷髏，村民看到都嚇壞了。

就在他逐漸揮去戰爭的惡夢時，召集令又下來了。
因為沒有任何證明可以證實他參戰過，而且就算極力反抗也沒有用，
因此最後，我的父親又再次上了戰場。
雖然很委屈，但好在父親能活著回來，這已經是萬幸了。——時事漫畫家 朴在東

留著一頭帥氣的白髮，朴在東老師可説是韓國時事漫畫之父。

從《寸鐵殺人》的時事漫談，到以關懷的角度所畫出的市井小民，
他的畫即使犀利，但從不曾忘了對人間的愛。
比起「時事漫畫教父」「畫仙朴在東」，他更喜歡「漫畫家朴在東」這個稱呼。
他希望學校能變得很有趣，有趣到讓小朋友都不想回家。
世界上所有的東西都是他的作畫對象，即使在上下班的地鐵車廂裡，他也不會停止速寫。
大家隨時都有可能成為朴在東老師的模特兒，這可得緊張了。

在上下班通勤的路上，只要眼光落到哪我就畫到哪，不管是路口還是地鐵裡。
畫畫的時候，我會跟模特兒對話，我們變熟、變得更珍惜周遭的事物，最後我懂得愛。
畫畫這件事，就是愛你畫的東西。
所有的事物只要你慢慢畫，就會變成一幅畫；有時候我還會懷疑自己的手該不會是米達斯的點金手吧？
其實，萬物本來就如同黃金。
——節錄 朴在東《人生漫畫》

朴在東老師目前在韓國藝術綜合大學教書，
他深信漫畫所具有的力量，為了創造一個像漫畫對談一樣有趣的世界而努力作畫中。

我……要怎麼做？頭轉向這邊嗎？

這氣氛和站在攝影鏡頭前不一樣，所以我有點尷尬，不知該如何是好。
作畫期間老師緩緩凝視著我，那眼神好像要把我整個看透。

真羨慕老師能用獨特的觀點看世界，又能把這個觀點表現出來。
能透過畫或文字呈現想法和情感，真的很了不起。
我連把我的想法用講的都還常常表達不好了，嘖。

老師從我們見面到現在為止，紙筆從來不離身，總是不斷地畫著。
老師看東西和世界的方式好像有點不一樣。
雖然我不懂畫，但老師畫的畫有種溫暖的感覺。
不管是誰，在老師的畫中都會是慈祥且溫柔的。

想了想，這就是愛。

這不就是對萬物的愛、關懷，以及「加油啊！」的鼓舞聲嗎？

藝人的生活，雖然光鮮亮麗但也很寂寞啊！
我也是。沒有什麼時間與人對話。
但是我仍很喜歡這份工作。

스타로서의 생활들이란 화려하지만 외롭잖아요
저도 그래요. 대화할 시간이
없거든요. 하지만 저는
또 일이 좋아요

蘇志燮 於昭陽湖
在東 10.7

有點曖昧不明的天空。

心 胸 好 像 都 敞 開 了，
蘇 先 生 ， 你 呢 ？

在那裡等待我們的

會是什麼呢⋯⋯

大巖山 龍沼 *Yong Swamp of Daeam Mountain*

大巖山顧名思義就是「巨石山」的意思，其山勢險峻，
即使夠大的車開上來都得捏一把冷汗。
這裡在韓戰當時也展開了激烈的對戰，
山頂因「龍飛天穹時的休憩地」之説，
而有了龍沼這個名稱。龍沼是南韓地區唯一
在山頂上形成的高海拔濕原，早在四千多前年
就已經出現，現在被環境保護局列為保護區。
它與世隔絕、熬過了好長一段時間，
而呈現出遼闊無邊的原始林面貌。

年紀大了，真的很棒。
能來到這麼奇妙的地方，怎麼能不開懷地跳舞呢？
像志變你現在這個歲數，大概無法學我這樣。
年輕人若跟我一樣到哪都能跳舞，可能會被說成是瘋子，
不過，像我這樣年紀一把的人興致一來跳起舞的話，
就會說「啊！那爺爺感覺心情很好喔！」是吧？

沒什麼比上了年紀更棒的了。

—時事漫畫家 朴在東

대암산용늪의 초저녁 재인이가

蘇志燮 於大巖山龍沼
在東 10.7

我站在中央，濕地潮濕的風和霧氣把我包圍。
風吹得我無法張眼，風強到幾乎要將我吹倒。

於是我把我的身體交給風，站好，閉上眼。

彷彿這個世界上只有我，也好像我擁有了全世界。
真 · 幸 · 福。

沼澤全被長得誇張的草給佔領了。

草隨著風的方向彎著身體，
就好像龍剛剛經過一樣。

我穿過這片強韌的草原，卻看不到路。
腳不僅陷到水裡，有時還會被頑強的草根給刮傷。

然而，我想從前那裡一定有路。

還會有機會再來嗎？
真可惜。

我回眸一看。

方才走過的路、青蔥的草原和樹木已經消失在大霧裡，看不見了。

老師停下腳步，用低沉的嗓音說：

「現在才知道，原來我們去了一趟一無所有的空間啊……」

而現在，
又是什麼樣的路在等著我呢？

강원도 인제땅 대암산
용늪에 핀 가을애기

전영우

江原道麟蹄郡大巖山
龍沼裡一株大塊頭
在東

首先想說的是，我既不是小說家，也不是攝影師。

居然可以到遠在江原道、人民進出都受到管制的地區旅行，我懷抱著緊張興奮的心情展開了這次的工作，同時也對這個戰後留下的意義特殊的空間感到好奇。另外，我相信藉由這個機會，能夠呈現一個和戲劇中扮演某個角色的演員蘇志燮稍微不一樣的自己。
經過這段珍貴的時光後，我發現我更了解自己、更能看透自己，這是一項很特別的工作，同時它也是一份能讓我好好休息的禮物。

我和那些不那麼熟悉，或者之前素昧平生但對我很重要的人們一起創造了美好的回憶。

和這些人相處，我不需要任何目的就能開懷地笑，有什麼想知道的事情隨時都能開口問，而且我也克服了初次見面的不自在。這真的是一個非常快樂、美好的經驗。
雖然時間很短，但我相信這趟珍貴旅行的餘韻一定能會帶給我久久的幸福。也希望對參與這次工作的所有來賓，以及辛苦的工作人員來說，也會是一段難忘的回憶。

由衷地感謝《寸鐵殺人》漫畫家朴在東老師、為了我們這些來作客的人甚至還準備晚餐的感性村村長李外秀老師、讓我體悟藝術是為了代行他人煩惱的李應從攝影師、挺身守護韓國資產之美的設計師崔明旭先生、像隻赤翡翠鳥一樣充滿朝氣又瀟灑的鳥博士鄭多美小姐、在下著雨的高速公路上奔馳了整整 4 個小時才抵達的藝術家 Dusic & Ddilddil，還有不畏辛苦、百忙抽空的 Tiger JK 大哥。

感謝不管多熱還是下著雨的爛天氣仍然在現場奔走的工作人員，還要感謝天、海、鳥、不知名的花和草，更要感謝讀著這本書的你，謝謝。

蘇志燮

Photo by 蘇志變

DMZ 旅行指南

DMZ：Demilitarized Zone, 非武裝地帶

DMZ 是指一九五三年韓戰休戰時，以西邊的臨津江河口，到東邊的高城郡明湖里所連接的軍事分界線（休戰線）為基準，南北各自退兩公里範圍的軍事緩衝地帶。此處完全不受人類的影響，是個自然環境完整被保存下來的「自然生態界寶庫」；然而，它也是個屈服於人類彼此敵意之下，意外產生且充滿矛盾的空間。從曾經擁有最多人口和昌盛的貿易為傲的鐵原郡，到華川、楊口、麟蹄、高城……若仔細聆聽沉寂了六十年的當地故事，那些神祕的自然保育動植物，以及帶著戰爭之痛的殘跡，彷彿都歷歷在目。

＊ 要進入 DMZ 附近的人民限制線內時，必須通過入口的身分檢查，且特定區域須事前獲得有關單位或部隊的協助才可進入。除此之外，禁止以北方為背景進行拍照或攝影。

鐵原郡
李泰俊故居 | 舊鐵原歷史 | 勞動黨舍 | 月井里車站 | 鐵原和平眺望台 | 金剛山鐵路 | 土橋水庫
昇日橋 | 前線教會 | 前線休息站 | 蒲公英園 | 馬峴里 (蔚珍村)

華川郡
人民軍司令部駐紮處 | 山陽里 四方大道 | 墨橋 | 華川水庫 | 破虜湖 | 比丘須彌村 | 和平水庫 | 碑木公園 | 世界和平之鐘公園

楊口郡
頭陀淵 | 斷腸線 | 往金剛山之路 | 第 4 洞窟 | 潘奇酒酒缸村 | 乙支眺望台 | 楊口統一館 | 山羊繁殖復育中心 | 大巖山龍沼
方山瓷器博物館 | 兜率山戰碑 | 楊口破虜湖 人工濕地 | 國土中心 韓半島之島 | 朴壽根美術館 | 八郎瀑布
八郎美術館 | 昭陽湖渡口

麟蹄郡
瑞和二里 | 韓國 DMZ 和平生命園區 | 天桃里 | 李文斯敦橋 | 麟蹄山村民俗博物館 | 38 大橋
新南碼頭 | 38 線休息站 | 裝 ・ 強路易公園

高城郡
統一眺望台 | DMZ 博物館 | 明波里 | 統一維安公園 | 大津港 | 花津浦湖 | 花津浦海水浴場 | 乾鳳山忠魂碑

＊ 資料參考：『DMZ, 意想不到的旅行，韓國 DMZ 研究所』

企劃・製作 | Sallim 出版社（株）51k

Cast

主演 | 蘇志燮

登場人物 | **第二張素描** 自由 — Tiger JK、**第三張素描** 夢想—鄭多美、**第四張素描** 受傷 而後 療癒—李應從、**第五張素描** 青春・熱情—李外秀、**第六張素描** 記憶，想留下的東西— Dusic & Ddilddil、**第七張素描** 我們的，我的—崔明旭、**第八張素描** 和解，愛 — 朴在東

製作人 | 정현미 Jeong Hyeon-Mi

攝影 | 박민석 Park Min-Seok、김재우 Kim Jae-woo（株）51k 김정희 Kim Jeong-Hee、박연경 Park Yeon-Kyeong、김성환 Kim Seong-Hwan

編劇 | 김빛나 Kim Bit-Na、권용선 Kwon Yong-Seon、이부원 Lee Bu-Won

美編 | 박앤컴퍼니 Park & Company Co., Ltd.

服裝 | 한혜연 Han Hye-Yeon、남혜미 Nam Hye-Mi

化妝 | 전미연 Jeon Mi-yeon、박설희 Park Seol-Hee

髮型 | 김현진 Kim Hyeon-Jin、박은정 Park Eun-Jeong

特別感謝

江原道 DMZ 觀光促進組 | 前觀光促進組組長 백창석 Paek Chang-Seok、現觀光促進組股長 장일재 Jang Il-Jae、觀光促進組 이만희 Lee Man-Hee

楊口 | 楊口郡副郡長 김대영 Kim Dae-Yeong、楊口經濟觀光課課長 임철호 Lim Cheol-Ho、楊口觀光開發員 정용호 Jeong Yong-Ho、楊口觀光開發組 안경자 An Kyeong-Ja、乙支眺望台館長 정충섭 Jeong Chung-Seop、21 師情報處理組 김춘성 Kim Chun-Seong 上士、昭陽湖管理員 정재관 Jeong Jae-Kwan

華川 | 華川郡觀光政策課課長 김세훈 Kin Se-Hun、華川郡政策企畫團團長 김준성 Kim Jun-Seong、華川郡 政策企畫團 박영미 Park Yeong-Mi、華川郡政策企畫團 강두일 Kang Du-Il

鐵原 | 觀光開發組股長 신중철（Shin Jung-Cheol）、觀光開發員 임상빈（Lim Sang-Bin）

高城 | 高城郡郡長 황종국 Hwang Jong-Kuk、高城郡郡議會議長 문명호 Mun Myeong-Ho、高城郡觀光文化體育課課長 김정필 Kim Jeong-Pil、高城郡觀光文化體育課政策股 최광일 Choi Kwang-Il、高城郡觀光文化體育課觀光口譯員導遊 김명옥 Kim Myeong-Ok、22師 김선영 Kim Seon-Yeong 上尉

蘇志燮
的
路
The
Way

美麗田 174

蘇志燮的路（書衣海報珍藏版）

蘇志燮・文字／攝影

袁育媗／譯

出版者：大田出版有限公司

台北市 10445 中山北路二段 26 巷 2 號 2 樓

E-mail：titan3@morningstar.com.tw　http：//www.titan3.com.tw

編輯部專線：（02）25621383　傳真：（02）25818761

如果您對本書或本出版公司有任何意見，歡迎來電

法律顧問：陳思成律師

總編輯：莊培園

副總編輯：蔡鳳儀

校對：袁育媗、蔡鳳儀

初版：二〇一四年（民 103）二月二十日

書衣海報珍藏版：二〇二二年（民 111）八月一日　定價：599 元

印刷：上好印刷股份有限公司　（04）23150280

國際書碼：978-986-179-750-2　CIP：862.6/111008609

譯者簡介

袁育媗

政治大學廣告系、韓文系雙學士畢業。對語言與文字情有獨鍾，最享受閱讀與思考時大腦革新的喜悅。目前在韓國當行銷人，譯作有《你背過一本英文書嗎？》《受傷的勇氣》等書。Facebook 臉書粉絲團「旅讀譯生活」：www.facebook.com/lizgoodlife

② 抽獎小禮物　① 立即送購書優惠券　填回函雙重禮